반가운 엽서

시와함께(Along with Poetry) 시인선 021

반가운 엽서

임문혁 시집

시와함께 넓은마루

시 한 편 읽은 날
잘 산 날

시 한 편 쓴 날
더 잘 산 날

시처럼 산 날
정말 잘 산 날

2022년 11월
임 문 혁

| 차례 |

제1부

몸에 관한 명상

이어걷기

아내가 구두 한 켤레를 주워왔다
내 발보다 한 치수 위였지만
발을 넣으니 담쏙 끌어담는다
밑창이 바깥쪽으로 좀 닳았어도
아직은 한참 더 걸을 수 있을 구두
버린 주인이 미웠을까, 새 주인이 그리웠을까
내 발을 맞는 품이 사뭇 살갑다
옛 주인은 왜 이 구두를 떠나보냈을까
구두 벗고 맨발로 세상 밖으로 떠난 건 아닐까
아내는 그냥 버리기 너무 아까워 가져왔다지만
그렇다고 공으로 신으면 안 되겠지
이 구두 신고 이제부터 내가 걷는 길은
옛 주인이 그렇게 걷고 싶어 했던 길
이어걷는 길이 될 것이다

노을의 가슴이 붉다

나를 흔들어보네

서가에 유리 종 하나 올려놓았네

하루가 졸리면
댕그랑 흔들어보고
책 읽다 시들하면
또 한 번 흔들어보고
시 쓰다 앞뒤 얽히면
또 한 번 댕그랑 생각을 고쳐보네

내가 텅 빈 날
댕그랑 댕그랑 소리 날 때까지
나를 흔들어보네

딸에게

외할머니 시집오실 때
외할머니의 어머니는 딸 품속에
조약돌 하나 넣어주셨단다
돌이 말하면 비로소 너도 말하렴
외할머니는 그때부터 돌이 되어
입을 닫으셨단다

우리 어머니 시집보내실 때
외할머니는 딸 품속에
모란꽃잎 자수를 넣어주셨단다
모란이 하는 말을 따라서 하렴
그때부터 어머니는
모란 입술 같은 말만 따라 하셨단다

딸아, 이제 네 차례가 왔다
네 품속에 무얼 넣어 보낼까?

시 한 편 곱게 적어 넣어준다면
네게서 새록새록 시가 피어날지도 모르는데
시처럼 노래처럼 살 수 있을지도 모르는데

딸아, 이제 네가 시를 완성해다오

길

물이 지나다니면
길이 열리는가

낮은 곳 찾아가니
길이 뒤따라오고
아픈 상처 눈물로 닦아주니
바람이 가슴에 길을 내네

기도할 때마다
낮게 내려와
하늘 길 여는
그 사랑 안아보네

무늬

해변에 밀려온 바지락 껍질
물결 바람 번갈아 나명들명
안았다 풀었다 그려놓은 물결무늬, 바람무늬

허공을 빙글 돌아 떨어지는 낙엽
햇빛과 바람 숨결 나명들명
쓰다듬은 하늘무늬, 바람무늬

물끄러미 바라보는 물 속 내 얼굴
밭고랑 논두렁 흘러가는 실개천
긴 세월 되어 내 얼굴에 그려놓은
웃음무늬, 눈물무늬

아아, 쟁기질 무늬

넥, 타이

몸서리나게 아름답다
사내 목 감은 저 비단뱀

뱀을 끌어들인
삐에르가르뎅 입생롤랑 루이비통

히죽 웃고 있다
뱀에 목이 감긴 줄도 모르고

구불구불 끌려가는
사내, 사내들

구멍에서 구멍으로

마루 밑 구멍에서 곳간 옆 구멍으로
생쥐 한 마리 쪼르르 달아나네
순간 구멍에서 구멍으로 선線 하나
생겼다 사라지네

생쥐 한 마리 정말 지나가긴 했는가
선 하나 정말 그어지긴 했는가

구멍에서 구멍으로, 나도
생쥐처럼
무슨 선 하나 긋고 있는가

어디서, 누가 날
지켜보고 있는 것 같다

몸에 관한 명상

사과를 깎다 아차, 손가락을 벴다. 다른 손가락들 우르르 달려와 누르고 감싸고 어루만지고, 혀는 상처를 빨고, 입술은 호호, 눈물은 그렁그렁.

몸 나라에서는 왼팔과 오른팔이 싸우지 않는다. 따돌리거나 미워하지 않는다. 발이 더러우면 손이 닦아준다. 벌이 날아와 쏘려 하면 팔이 멀리 쫓아버린다. 손끝에 가시가 박히면 온몸이 함께 아파하고, 발바닥만 살짝 간질여도 온몸이 함께 웃는다. 무거운 몸을 업고 발은 낙타처럼 사막을 건넌다. 입은 먹는 걸 좋아하지만 자신만을 위해 먹지 않는다. 보는 건 눈이지만 웃는 건 입이다. 귀에 슬픔이 번지면 눈물이 마음을 적신다.

두 팔로 몸을 끌어안는다.

입이 몇 개냐고?

누가 물었다, 입이 몇 개냐. 별 싱거운 사람, 웃기는 사람,

그랬는데, 정말 입이 몇 개지?

따지고 보면, 무엇이든 드나드는 문은 다 입이지. 공기가 드나드는 코도 입이고, 소리를 받아들이는 귀도 입이다. 저 길과 나무,

산과 강과 바다와 저녁놀 맛있게 받아먹는 눈도 입이지. 동산 언덕에 오르면 온몸이 수천수만의 창문을 열고 바람 머금은 입이 된다. 잠 못 드는 밤, 하늘 바라보며 머리가 입이 되고, 그렇게 한껏 열리면 온몸이 별들을 머금은 입이 되어 울먹인다.

그래, 그러고 보니 내 몸 이 곳 저 곳 입 아닌 곳이 없구나.

아,

이 많은 입을 언제 다 센다지?

귀

사자 호통, 호랑이 외침만 듣고 살다가
다람쥐 하소연, 토끼 하소연, 귀 막고 살다가
나 귀먹었구나
바람의 노래, 강물의 노래, 달의 노래, 별의 노래
들을 수 없게 되었구나

울지 않는 귀또리, 당신의 침묵
알고 보니
내가 귀를 닫은 것이었구나

거울처럼

찾아오는 이
빈부귀천貧富貴賤 가리지 않으리
모두 담쑥 안으리

같이 걷고 같이 춤추고
같이 웃고
또 같이 울리

세월 흘러 등 돌리고 떠나면
말없이 고이 보내리

가슴에 구멍 숭숭 나면
텅 빈 허공으로 남으리

허공으로 남아 혼자 울리

싫어해서

과학자들은 말한다
장미꽃이 빨갛게 보이는 것은
다른 빛깔은 다 흡수하지만
빨강만은 싫어해서
되쏘아 내보내기 때문이고
잎이 초록으로 보이는 것은
잎새들이 싫어하는
초록빛만 밖으로 내보내기 때문이라고

그렇다면 장미는
가슴 찌르는 아픔이 싫어
뾰족한 가시 밖으로 밀어내고
피 맺히는 슬픔이 괴로워
핏빛 꽃을 토해내는 것일까

내 얼굴만 보면 짜증 내고
입만 열면 잔소리 쏟아내는 마눌님

당신은
짜증이 싫어 그걸 밖으로 쫓아내고
잔소리가 정말 싫어서
그것 또한 밖으로 밀어내는 것인가

잔소리나 짜증 지독히 싫어하는
이런 마눌님과 살고 있는 나는, 그럼
세상에서 가장 복 받은 사내인가

원시인에게

신문에 까만 벌레들이 꾸물꾸물 기어 다닌다
발밑이 뿌옇다

차마 눈 뜨고 볼 수 없는
작은 것, 쓸데없는 것, 못된 것
다 보고 사시느라 얼마나 힘드셨나요
노안老眼입니다
이제부턴 멀리 보고 사십시오

기어코, 나도 원시인이 되었구나, 그래
코 앞, 눈 앞, 발 밑 길바닥만 보지 말고
아마존 밀림, 북극 빙하, 아프리카 킬리만자로로
시야를 넓혀야지
간밤 꿈에 만난 하늘나라까지도 보아야지

하루살이

물속에서
수십 번 몸 바꾸고 허물 벗으며
천 날을 기다린단다
지상에서 딱 하루 살고 사라지는
하루살이

나는 몇천 날을 기다렸을까
어느 우주 공간 어떤 별 지나
몇 번의 수레바퀴 돌고 돌아
어찌 이 몸 얻어 내가 되었을까

하루가 천 년 같고 천 년이 하루 같다는
그분 보시면
나도 하루살이 아니랴

그분은 뭐라 하실까

그동안 내가 먹어치운 것들 어찌 다 헤아리랴
몇백 가마니 쌀과 보리 밀 고구마 감…
소 수십 마리, 돼지 닭 토끼 오리 수천 마리
사슴뿔 곰쓸개 뱀탕 상어지느러미에
갈치 고등어 문어 새우 멸치…
헤아릴 수 없는 사과 배 감 복숭아…
어찌 이뿐이랴
소주 맥주 막걸리, 몇만 리터의 물과 공기
이 모두가 죽이고 빼앗고 훔치고 끌어온 것들
산과 바다를 다 집어삼키고도 채워지지 않은
밑 빠진 내 가죽 항아리여!
이 다음에 주인 만나면
나 뭐라고 용서를 빌까

다시 태어난다면

아내가 뜬금없이 물었네
다시 태어난다면
그때도 나와 결혼할 건가요?

한참 만에, 무겁게 입을 여네

다음번에 난 별을 낳고 싶소
어린 별들에게
젖 한 번 꼭 물려보고 싶소

내 별난 꿈, 용서해주구려
아니면, 당신이
별이 아빠가 되든지요

손바닥 도장掌印

見利思義 見危授命
庚戌二(三)月於旅順獄中

　大韓國人 安重根 書

이로움을 보거든 의를 생각하고
위태로움을 보거든 목숨을 바치라
　경술2(3)월 여순옥중에서
　대한국인 안중근 쓰다

안중근 의사 유묵遺墨
손바닥에 먹을 묻혀 눌러 찍은 장인掌印
무명지 뎅겅 잘려나간 빈자리

피 뚝뚝 흐르는 무명지 한 마디
가슴 속 여기저기 굴러다닌다

어둠을 눌러 덮은 손바닥

무명지 한 마디 잘린 자리에
어린 시간 하나 새로 태어나고 있다

뚜껑을 그리며

평생 뚜껑 여닫고 살아오신 어머니

장독 뚜껑 반들반들 닦으시고
무쇠 솥뚜껑 여닫으며 밥 지어
놋주발에 담아 아랫목에 묻으셨다
바느질 상자 뚜껑 열고
해어진 옷, 뚫어진 양말 꿰매셨다
꽃과 새와 壽福康寧 수놓으셨다

이제 장독대 무쇠솥 놋주발 없어지고
바느질 상자, 수틀 다시 열리지 않는데
도대체 어머니는 어느 뚜껑 열고 드셨는지

거미

허공 한 귀퉁이
나선 실 방사 실 엮어 그물치고

몇 날을 오롯이 바쳐
잠자리 한 마리 묶었다

밤하늘 별빛 아래
몸통 파먹고 날개 뜯으며
히죽 울었다

울음 마디마디에
아픔이 뚝뚝 떨어졌다

일벌

일벌은 반경 5km가 일터
하루 10,000송이 꽃을 찾아다닌다
비바람에 날개 찢기며
말벌에게 물려 죽을 고비도 넘긴다
그렇게 평생 모은 꿀이
반 숟가락이라니

집과 일터 정신없이 오가며
평생 내가 남긴 것이
벌집 한 간
아내와 아들 하나 딸 하나
시 반 숟갈이라니…

문, 문, 문들

문 열다 한세상 보냈지
요즈음은, 다가가기만 하면
스르르 길 터주는 자동문도 있지만
세상 문들이 어디 다 그리 쉽게 열리던가
문고리 잡고 한참을 서 있기도 했고
밀어야 하는데 당기고
당겨야 하는데 밀었던 적도 많았지
당겨도 밀어도 요지부동 막무가내
덥석 끌어안고 위로 들어 올린 문이며
두드리고 걷어차고 속삭이고 외치고
온몸으로 부딪치던 문들
빙글빙글 돌아가는 회전문 앞에서
숨 고르며 기회를 엿보던 때며
안에서 덜컥! 빗장 걸리는 소리에
가슴이 무너지기도 했지
수많은 문 열고, 허나 여기까지 왔다
마지막으로 들어가야 할 문은
빙글빙글 돌아가는 회전문이면 좋겠네

사거리에서

사거리에 서니
절로 망설여지네
건너야 하나 말아야 하나

사거리 한복판에서
나에게 묻네
왜 여기 서 있지?

횡단보도 건너며
사방을 두리번거리네
어디로 가야 하지?

한 사거리 건너도
보이지 않는 다음 사거리
또 어디서 나타날 것이네

낯선 사거리에서

표표한 마음 들고
저 앞을 보네

제2부

나무와 강물

부활

나무는 죽어도 죽지 않는다
잘리고 꺾이고 못 박혀도
죽지 않는다

기둥으로 문짝으로
안방 장롱으로 침대로
밥상으로 도마로
다시 태어난다

집은
나무들의 천국

장롱이며 문들을
닦고 또 닦아주시던
어머니를 생각한다

세상 나무들 깎고 다듬어

새 사람 만드시는

목수, 그분을 생각한다

사다리를 타고

평생 나무를 다듬어온 그는
무얼 만들었을까

그걸 아는 사람은 없었지만
실은, 그가 만든 것은 사다리였다

골고다 언덕
온몸 나무 기둥에 못 박아
완성한 사다리를 타고
그는 하늘로 올라갔다
옆에 있던 강도까지 데리고

곧 다시 내려오마
천둥이 쳤다

연필을 깎다 문득

연필을 깎다 문득
옛일을 떠올린다

일기장에 눌러 쓴
삐뚤빼뚤한 글자들 눈에 선하다
아직도 여기 불쑥 저기 불쑥
콩콩대며 뛰어다니는 글자들

어디서 향나무 향긋한 바람이 분다
바람에 절로 넘어가는 일기장

키를 쓰고 소금 받으러 가는 꼬마
구슬치기 딱지치기에 새까매진 손등
참외 서리 갔다가 풀밭에 잃어버린 신발 한 짝
어디서 나를 기다릴까

여기저기 추억 속 헤매다
훌쩍 자정을 넘는다

나무를 듣다

나무는 온몸으로 말한다
부르르 몸 떨며 팔을 휘젓고
터진 속살, 상처도 꺼내 보인다
잎으로 꽃으로 때론 열매로 속삭이다가
바람 불면 쏴아쏴아 속엣말을 쏟아낸다
때론 붉으락푸르락 낯빛 변하고
밤새 끙끙 앓기도 한다
가슴에 귀 대고 속말 듣는다
눈보라 치는 날
언 땅 밖으로 튕겨나온 뿌리 울음
온몸으로 듣는다

느티나무

고향에는 마을을 지키고 있는 든든한 어른 한 분이 계십니다. 올해 연세가 삼백 하고도 몇인가 그러신데 아직도 정정하십니다. 아버지께 종아리 맞고 쫓겨나 울던 나를 가만히 안아주던 그 어른, 입학시험 낙방하고 주저앉은 내 어깨를 다독여주던 그 어른, 첫사랑을 떠나보내고 가슴 무너지던 날 그 아픔 함께 울어주던 그 어른, 꽃상여 타고 어머니 떠나실 때 만장 흔들며 어깨를 들썩이던 그 어른, 그 어른은 요즈음 넓은 그늘에 장기판을 벌여놓고 훈수도 두면서 지내신다 하더군요.

지난 주말 고향엘 다녀왔습니다. 이젠 네가 세상의 나무가 되거라, 그 어른 훈수도 한 수 받고 왔습니다.

나무의 거리距離

누가 우리 사이 떼어놓았나
몇 걸음 안 되는 거리건만
나는 너에게 가지 못한다

허리 굽혀도, 팔 뻗어도, 몸부림쳐도
닿지 않는 거리
너를 향한 팔 허공에 흔들린다

잎새마다 사연 적어 흔들어대고
꼭두서니 붉은 마음 꽃으로 터뜨리지만
나는 외발

네 손 잡고 거리를 걷는 것은
꿈에나 얻는 행운

별님에게 달님에게
오늘도 나는 빌고 또 빈다

단 몇 걸음만이라도 좋으니
사랑의 길 같이 걸을 수 있기를

웃는 나무

바람 속 저 잎새들
오늘은 무슨 일로 저리 웃을까

서로 어깨 툭툭 치며 손 흔들며
숨이 멎을 듯 눈물까지 찔끔찔끔
연신 웃어대는 것일까

지나가는 구름의 배꼽 간질이며
바람의 심술 웃음으로 되받아치는 나무

살다 보면
웃을 일보다 울 일 더 많겠지만
지금 터지는 저 푸른 웃음이
판을 한바탕 즐겁게 흔들어놓는다

하느님의 수화

(꽃 같은 선생님한테 수화를 배웁니다
소리 없는 말들이
손끝에서 꽃처럼 피어납니다)

나무들도 말을 한다는 걸 알았습니다
푸른 잎 붉은 꽃 흔들기도 하고
동그란 열매 보여주기도 하니까요

수화를 배우는데, 번쩍!
번개가 쳤습니다, 하느님은
가지들의 흔들림, 꽃의 표정,
이파리들의 춤을 통해
말씀하기도 하는구나

이제사 겨우 조금씩 보입니다
하느님의 말씀, 세상 여기저기에
나무처럼 자라는 것이

서로 손 잡으면

문 닫힌 겨울밤, 봄꿈 꾸는 사람아
이제 그만 팔짱을 풀자
팔 뻗어 서로 손잡으면
다리 하나 이어지지 않겠는가
건너가고 건너오고
시냇물도 따라 흐르지 않겠는가

두 손 서로 맞잡으면
둥그런 밭도 하나 생기지 않겠는가
콩도 심고 보리도 심어보자

팔 뻗어 서로 끌어안으면
연리목連理木, 한그루 자라지 않겠는가
꽃도 피우고 열매도 키워보자

땅은 뿌리를 끌어안고
하늘도 빙그레 웃으시지 않겠는가

일생

산은, 일생을
꿈쩍 않고 사는데

일생을, 나는
흔들리며 사네
풀잎처럼

물은 끊임없이
산을 떠나네

산과 물과 나, 서로 다르지만
자세히 들여다보면
일생, 그리움 하나 품고 사는 건
매한가지

나무를 꿈꾸며

나무는
일생을 꿈꾸고
일생을 기도한다

푸른 잎 피워
하늘에 바치고
단풍 꽃 피워
땅에 바치고
열매는
사랑에 바친다

해마다 꿈꾸며
둥그런 하늘 무늬
가슴에 새겨 품는다

호수

세상 그 어떤 사내도
그만 퐁당 빠져 버리고 말지

바위 같은 사내
달 같은 사내
해 같은 사내
구름 같은 사내
퐁당 빠져 헤어나지 못하지
하느님의 너른 가슴도
깊이 빠져 잠겼네

나 이제 가진 것 다 내려놓고
임의 품에 몸을 던져
남은 일생
후회하지 않으리

물의 비밀

1
너를 만나면 뜨는 무지개
부드럽게 휘어지며
내 가슴에 꽃을 피웠네
열매, 열매가 맺혔네

2
문득 살갗을 스치는 손길, 아하!
나는 풀이란다
네 손길 하나에 금세 푸르러지는
풀잎이란다

알 듯
모를 듯
저 산
저 강에 흐르는
은밀한 비밀

내 가슴에 창문 열리면
내 마음에 속삭임 스치면

산도
들판도
싱싱하게 일어서는
신비한 비밀이란다.

자라나는 물방울

물방울이 물방울을 만나면
키가 자라고 몸피가 불어난다
물방울을 만나 씨앗은 싹을 틔우고
뿌리는 땅속 어둠을 뚫는다
뿌리는 서로 얽혀 그물이 된다
물방울은 물방울을 만나 시내가 되고
시내는 시내를 만나 강이 되고…

강들이 사는 동네를 우린 바다라고 부른다

지금 물방울이 외로운 건
친구 물방울 만나지 못했기 때문이다
지금 내가 외로운 것도
몸피를 키워주는
동지를 만나지 못했기 때문이다

탈주脫走

물은 끊임없이 흐른다
땅속으로부터 감옥으로부터 빠져나와
달리고 또 달린다
자유는 생명
막히면 돌아가고 갇히면 넘쳐흘러야 한다
물의 고향은
낮고 낮은 나라
막힘없이 넓게넓게 펼쳐진 나라

나는 오늘도 강변에 나와
산골짜기 벗어나 태평양으로 떠나는
강물의 대탈주를 바라본다

중심

호수는
밤에 더 깊어진다

둘레를 지우고
속으로 속으로 깊어진다

침묵 속에
더 큰 침묵이 자란다

달빛 고요 별빛 고요
단전에 모으고
몸을 잊는다

반짝이는 물빛

강은 얼마나 더 흘러야 하나
나는 다리 난간에 서서
강을 내려다보네

뒤돌아보며 뒤돌아보며
강은 세월의 길로 흘러가고
나는 목 길게 빼고
추억의 길로 흘러가네

반짝이는 사랑, 가슴 환한 날들
끊임없이 찾아오는 옛일 바라보며
강물처럼 아득히 흘러가는
나는 또 얼마나 더 흘러야 하나

지상에서 아득히 멀어져도
반짝이는 물빛만은
가슴에 고이 흐르기를

깊이

물을 두려워하는 건
깊이를 모르기 때문이다

내가 막연히 그대를 그리워하고
그대를 기다리는 것은
그대의 깊이를 모르기 때문이다

기다림은 고일수록
아픔이 깊어진다

아픔 깊을수록
깊어지는 물

그대를 미워하며
그대를 아파하며

이 밤에 새삼

그대를 생각하는 건

기다림의 깊이를

기다림의 끝을

모르기 때문이다

강을 보내며

강을 보내는 것은 얼마나 서러운 일인가

물길은 연이어 물을 밀며 간다
돌이킬 수 없는 발길, 돌이킬 수 없는 말들은
종이배를 타고 떠나갔다

표표한 작별들

강가에 얼마나 많은 풍경을 두고 왔던가
강가에 얼마나 많은 사람을 두고 왔던가
한 번도 내 것인 적 없던 순간들

강을 보내는 것은
수없는 풍경을 뒤에 두는 일
강을 보내는 것은
두고 온 사람 오래 오래 품고 가는 일

내 생의 바다

강의 사계로 가득한 바다
강물이 발로 쓴 일기
고스란히 다 모여 출렁이지

바다에 와 보면
왜 바다가 그리웠는지
왜 바다가 외로움을 때리는지
비로소 알게 되지

삶은, 흘러가는 것
허나 나날이 채워가는 것
내 생의 발자국들 다 모여 출렁이는
바다의 얼굴을
유심히 들여다보네

인드라망*

바다는 파도의 집
파도는 바다를 깁는 그물코
코와 코로 이어져 출렁이는 바다

파도 하나 울면 온 바다가 울고
파도 하나 웃으면 온 바다가 웃는다

바다는 저 혼자 출렁이지 않는다
파도와 함께 일어나고 파도와 함께 눕는다
파도가 노래하면 따라 노래하고
파도가 춤추면 따라 춤추는 바다

지금 누가 나를 출렁이게 하는가

* 무수한 유리구슬로 엮어진 크기를 알 수 없는 그물網.

이음새(코)마다 구슬이 달렸는데, 구슬들은 서로가 서로를 비추어준다. 사람들도 서로 연결되어 있으며 서로를 비추어주는 존재이다. 이 세상 만물이 인드라망 그물처럼 서로 연결되어 하나를 이루고 있다. 본래부터 이 세상은 한 몸 한 생명의 인드라망 생명공동체인 것이다.

노을 강

노을에 젖어 흐르는 강
무슨 회한 몰려들어 저리
부끄러운 얼굴일까

차마 지울 수 없는 어떤
애끓는 사랑을 가졌을까
풀어내지 못한 말들 뒤엉켜
저리 뜨겁게 들끓는 것일까

뚜렷한 발자취 하나 못 찍은 삶
바람은 구름장 몰아가는데
저 물 따라가면 가슴에 쌓인 노을
다 씻어낼 수 있을까

강가에 나를 두고
물결은 저만치 혼자 흘러간다

제3부

봄 여름 가을 겨울

심욕心浴

왕벚꽃나무는 땅에 뿌리박고
족욕足浴 중이고
나는 봄볕에 마음 담그고
심욕心浴 중이다

발바닥에서부터 정강이 타고 오르는 온기에
온몸 서서히 따스해지고
얼어붙은 마음 나긋나긋 풀린다
가슴 속에 남실남실 봄볕 차오르면
눈 코 입 언저리 웃음 번지고
얼굴 달아올라 왕벚꽃 붉게 피어오른다
산들바람에 콧노래 흘러가고
묵은 가지엔 물색 푸른 옛정이 돋는다

어둑한 가슴에 꽃불 밝히는 일
심지가 기름에 발 담그듯
봄볕에 마음 한 자락 담그니
왕벚꽃 벌써 내 것이다

반가운 엽서

엽서 한 장 받았지요

겨우내 웅크렸던 어깨 위에
나비처럼 꽃잎처럼 내려앉은 햇볕
몇 줄기 부드러운 바람만으로도
냇물 소리 한결 맑아지고
가지 끝에 연초록 번지지요
풀잎들 빼꼼이히 고개 내밀고
얼굴엔 슬몃 꽃물 어리지요

온 동네, 벌써 봄이네요

봄 편지

수양버들은
호수에 얼굴 씻고
제비는
호수 가슴에 날개 씻고 날아가네

나비는
하늘에 무슨 연서를 쓰는가
복사꽃 살구꽃이
얼굴을 붉히네

지난 밤 꼬박
깨알같이 쓴 편지
그대에게 이르기도 전
바람이 흔들어버리네

접시꽃

훌쩍 키 큰 저 여인
천수관음인가
손마다 꽃접시 들고 서 있네

푸른 하늘 한 가득
맑은 바람 한 가득
꿀 향기 그윽하고
햇볕 밝은 미소 뜰에 번지네

부끄러워라
이 빠진 내 사기접시
일회용 플라스틱, 찌그러진 종이컵

여기에 무얼 담아
천수관음께 공양 올리나

개화開花

고요하다
봉오리에 어리는 맑은 햇살
따스하고 보드랍다

참았던 숨결
오, 아지랑이
하늘이 바르르 떤다
나비 나래 나비 나래
살포시 밀어보는 비단 하늘

느리게
한 겹 한 겹
새 꽃잎을 편다

어느 순간
환히 열리는 한 세상

고마워라

나리 나리 참나리

꽃의 말

그대는 꽃입술 가졌으니
말 한 송이 피울 때는
사계절 한 바퀴는 돌고 피우시게
땅속 깊이 뿌리 내리고
지심 근원 맑은 물 길어 올려
한 석 달 열흘쯤은 묵히고 삭히시게

입술 한 번 열었다 하면
듣는 귀 절로 바람에 춤추고
볼 발그레 피어오르는 말
그런 말만 하시게
향기 아지랑이처럼 온 마을에 번져
벌름벌름 벌어진 코와 입, 귀에 걸리는 말
얼마나 아름답고 사랑스러운가

선물

저 환하게 웃는 달 좀 봐
저 반짝이는 별들 좀 봐

봄 여름 가을 겨울
철 따라 비 주고 눈도 주고
바람결에 새들 노래 실어 보내지
때맞추어 수선화 프리지아 장미 국화
한 아름씩 안겨주지

그래, 맞아
그분이 날 사랑하시는 거야
밤낮없이 일마다 때마다
선물 보내시는 거야

달같이 별같이
나를 빛내시는 거야

무엇으로 왔는가

하늘에 핀 꽃을 별이라 부르고
땅에 핀 별을 꽃이라 부른다

꽃 피어 세상 아름답고
별 피어 하늘 꽃밭인데

하늘과 땅 사이
가만히 불러보는 이름

꽃은 날 보며 방긋 피어나고
별은 날 보며 찡긋 빛나네

이 세상에 나는
꽃으로 왔는가, 별로 왔는가

때늦은 꽃 배달

전철에서 만난 꽃 배달 노인
누굴 찾아 가시는가
장미 한 다발 무릎에 올려놓고
낡은 수첩 들춰보다 서둘러 내리네

나도 모르게 따라 내리고 보니
두 정거장 전이네

이를 어쩌나

저 노인께 부탁하면
망설이다 떠나보낸 내 첫사랑에게
장미 꽃다발 하나 전할 수 있을까

여기까지 오는 동안
누구에게 꽃 한 송이 제대로 전해본 적 없군
혼자 중얼거리며 다음 전철 기다리네

뚜껑별꽃*

갯바위 틈에
쪽빛 바닷물 찾아와
고운 입술 살짝
얹어놓고 갔을 거야

나비 모양 다섯 꽃잎
한가운데 달님 몰래 찾아와
노란 꽃술 한 줌
뿌려놓고 갔을 거야

꽃잎 위에 별빛 내려와
눈물도 상처도 가만가만
쓰다듬고 갔을 거야

바람에도 슬리우는 여릿한 가슴
그래도, 꽃으로 사는 것은
그 다정한 사랑 때문이었을 거야

* 뚜껑별꽃: 우리나라 남부지역에 분포하는 한두 해 살이 풀꽃.

꽃은 4~5월에 피며, 주로 보라색(분홍색, 노란색도 있음).

열매가 익으면 뚜껑처럼 열리면서 씨가 나오는 모습이 마치 뚜

껑이 열리는 것 같다고 해서 뚜껑별꽃이라 부름.

5월의 반성문

5월은 반성문 쓰는 달

1일 근로자의 날
모범 근로자가 아니었고
5일 어린이날
착한 어린이 아니었고
8일 어버이날
결코 효자도 아니었고
21일 부부의 날
주변머리 없는 무능한 남편이고
15일 스승의 날
스승의 은혜도 다 까먹고
오늘이 세종대왕님 생신인 것도 몰랐다

반성문은 영어로 '글로벌'이라며
아동문학가 엄기원 선생 껄껄 웃는다
그러고 보니 시인이라면서

지축 울릴 절창 한 편 못 쓰고 있으니
마땅히 글로 벌 받아야 한다

이제부터 시 한 편 한 편을
반성문 쓰듯이 써야겠다고
5월에 다짐한다

밤비

줄줄이 쏟아지는
빗방울들

어둠의 벽을 닦고
피멍 씻으며
아물지 않은 상처
어루만진다

바닷속 어린 딸
못 잊는 마음
눈물로 씻는다

울면서 밤새
창을 두드리며

맨손으로
맨몸으로

봄비

새싹들 힘껏 흙을 밀어올리고
나무들 연둣빛 조막손 내밀 때면
하늘은 보슬비 풀어헤치고
메마른 땅을 적신다
들판 가득 푸른 웃음 흘러가고
물고기들 뛰어놀기 냇물 비좁다
빗줄기에 생기 흘러내리면
능수야 버들 덩달아
실실이 실실이 긴 봄 늘어뜨린다

바람을 나는 보네

나뭇가지에 슬쩍 걸터앉아
이파리 희롱하는 바람을 보네

담장 위 넝쿨장미에 물든
눈시울 붉은 바람을 보네

두 손으로 붙잡아도 놓치고 마는 바람
바람의 순간들

바람이라고 늘 불고 다니기만 할까
때론 무거운 다리 절다가 쉬기도 하겠지

거리 서성이다 검은 비닐봉지 끌고
골목길 접어드는 바람을 나는 보네

합정*을 돌다

구불구불 골목 안쪽 오목한 자리
수백 년을 살아온 느티나무 큰 품에
과달루페외방선교회가 안겨 있는 곳
나팔꽃 줄기 감아 올라간 창문이 보이고
담장을 넘겨다보는 키 큰 삼나무들
담 밑엔 애기 손톱만 한 꽃들이 숨어 있었지
어느 지붕 밑에서 옛이야기 소리 들리는지
자꾸만 안쪽으로 잡아끄는 그대여
옛 합정 우물은 어디쯤일지 목이 마른데
그대는 말없이 노릇한 빵에 쨈을 바르듯
내 가슴에 노을 한 스푼을 발라주었지
담쟁이가 벽에 기대어 얼굴 붉히던 그 저녁

* 서울 마포구 합정동

차마

다리 아직 성해도
가을엔 걷기가 쉽지 않다
바닥에 떨어진 낙엽
차마, 밟을 수가 없다

한 잎의 일생
봄밤여름낮가을저녁새벽이슬해달별
장마와가뭄태풍과비바람찬서리…

생멸生滅의 마지막 잎새
어찌, 차마, 밟고
지나갈 수 있으리

가지 끝에 겨우 붙어
떨고 있는 마른 잎들

가을엔, 차마
숨도 크게 내뱉지 못한다

바람은 불어가고

어느 저잣거리 떠돌다 불쑥 나타나
내 모자 날려버리고
저 여인 치맛자락 훌쩍 걷어 올리는가

국밥집 문 삐긋이 밀어보다가
바닥에 딩구는 비닐봉지 뒤적뒤적
개업 집 풍선인형 손잡고 춤추다가
홀연 어디로 불어 가는가

은행나무 가로수 한 그루
바람 따라 몸 흔들며 우쭐대다가
제자리 우두커니 서서
뒷모습만 쳐다보네

상객

겨울은 봄 신부 상객*

뼈만 남은 몸으로
오돌오돌 떨면서
눈 덮인 산정 헤매다 돌아온다

칼바람에 울기도 했을 것이다
언 손 호호 불며 석 달 열흘
수십 번 넘어졌다 다시 일어나
걷고 또 걸었을 것이다

그렇지 않고서야
연분홍 고운 두 볼
수줍은 듯 방긋 웃는 입술
저리 고운 봄꽃을
데려올 수 없었을 것이다

날빛에 환한 새색시
매화꽃

* 신랑이 장가들러 신부 집으로 갈 때나, 신부가 결혼식 3일
만에 시댁에 들어갈 때, 보호자로 따라갔다가 돌아오는 집안
어른.

제4부

단풍을 보다가

귀 기울여

누가 이름을 불렀기에
잎새들은 하나하나 떠났나요?

누가,
아직 짓지도 않은
이름을 불렀기에
아가들은 우리 곁에 왔나요?

은밀한 눈웃음으로
꽃봉오리를 열리게 하고
솜털 씨앗을 날리는
작고, 낮은 목소리로

누가 이름을 부르는지
귀 기울여
귀 기울여 들어요.

끊긴 물

스무 살 청년
푸른 가슴으로 맞는 가시철조망
높은포복 낮은포복
뜨거운 땀방울로 빠져나갈 때
언제나 아파오던 허리 근처,
가슴 속 갈고리 몇 개,
겨냥한 가늠자 사이로
임진강이 걸리고, 철조망 밑을
그저 알몸으로, 가슴, 허리, 잘리며
흐르는 강물
아카시 숲속을 찢긴 등허리가 달리고
맴을 도는 긴긴 신음의 흐름.
끊길 수 없는 물
알몸으로 가슴으로 밀며
아프게 아프게 흐르면서······

두 개의 방

단칸방에 셋방살이할 땐
어쩌다 다투어도
한 방에 잤지
얄리얄리 얄라셩 얄라리 얄라
등 돌리고 코 힐어도
한 방에 잤지
얄리얄리 얄라셩 얄라리 얄라

방 두 칸 이사하니
언성만 높아져도
각각 딴 방에 떨어져 자네
얄리얄리 얄라셩 얄라리 얄라
문 딸깍 걸어 잠그고
혼자서 자네
얄리얄리 얄라셩 얄라리 얄라

집 한 채

이 땅에 집 한 채 짓기 위하여
줄곧 앞만 보고 달려왔구나
나무도 새도 보지 못하고
하늘도 별도 바라보지 못하고
잠시 몸담았다 비우고 가야 할
이 땅에 멋진 깃발 하나 흔들기 위하여
비 오는 새벽에도 들에 나서고
새들 숲속으로 돌아간 밤에도
불 끄지 못하였구나
영원히 지녀 안길 심령의 사원 한 채는
지을 생각조차 못 하였구나
한 덩어리 무덤으로 남을 때까지
그저, 집 한 채만 생각하고 달려온
생이었구나

면도날

면도날을 어디에 버릴까
쓰레기를 치우던 아내의 손에서
피가 줄줄 흘렀다
환경미화원의 뒤꿈치가 썩뚝 잘렸다

거울처럼 맑게 빛나는 칼날
거울 속 눈에서 면도날이 빛났다
손에도 들려 있는 칼날
안주머니가 섬뜩하게 잘려
찬바람이 휘익 지나갔다
입에서 수많은 면도날이 쏟아져 나와
얼어붙은 겨울 하늘을
번쩍이며 날아다니고 있다

면도날을 어떻게 버릴까

호리병에 담아

내 하고 싶은 말들을
호리병에 담아두었네

텅 비어 있어도 차 있는 듯
가득 차 있어도 비어 있는 듯
누가 툭툭 건드려도
깊은 종소리로 울렸으면 좋겠네

기울여 잔에 따르면
얼음 녹는 소리로
졸졸 흘렀으면 좋겠네

알 듯 모를 듯 꽃처럼 웃으며
언뜻언뜻 향기 풍겼으면 좋겠네

목을 거쳐 작은 입으로, 퐁퐁
맑은 소리 울렸으면 좋겠네

달항아리

둥그런 달덩이 하나 떠 있다

황톳길 밟아 고향 떠난 그 사내
진흙 몸뚱이에 어떻게 감히
하늘 담을 생각 해냈을까

가슴 들끓던 그 사내
얼마나 뜨거운 불이었으면
얼굴에서도 광채가 날까

바람처럼 떠돌았던 그 사내
얼마나 외로웠으면
아직도 빈 가슴에 바람소리 날까

허공에 달이 되어
둥실 떠올랐을까

계영배戒盈杯*

가슴속 낮은 곳에
보이지 않는 구멍 하나
뚫어주세요

거기까지 마음 고이면
더 이상 차지 않도록
구멍 하나 내주세요

한 사발의 밥
한 송이의 여자
한 권의 책

더 욕심내지 않겠어요

* 계영배: 과음을 경계하기 위해 만든 술잔.
  속에 보이지 않는 구멍을 뚫어, 그 높이 이상 술을 부으면 다
새어나가게 만들었음.

살

자전거 바퀴
가느다란 살을 보면
눈물이 난다

기를 쓰고
숙명의 바퀴를 떠받치고 있는
살 같은 사람들

솥

화성전자 대리점
1인용 밥솥을 사다

이런 솥도 있는 세상
이런 솥도 팔리는 세상

아주 작고 앙증맞은 솥
혼자서 밥을 지어 먹다가

혼자서 밥 먹는
또 다른 사람을 생각한다

종

종로에서 만난 그는
속이 텅 비어 있다

살과 피는 어디에 버렸는지
아픔은 언제 다 파내었는지
번뇌의 가지들은 어떻게 잘라냈는지
이제 버릴 것이 더는 없는지

밑바닥에서부터
가슴 온통 뒤흔들어
멀리 하늘 밀어나가는 종소리

눈이 내린다
내 살과 피, 아픈 상처
번뇌의 가지에 쌓이는 눈

어이할꼬 어이할꼬

이제 나도 다 비우고
저 너른 하늘로 나서야 할 텐데

둥글게 퍼져 나가
상처 많은 가슴에 닿아야 할 텐데

딱 둘만 남게 된다면

이 세상에
딱 둘만 남게 된다면
하나에게 있어
하나는
얼마나 소중할까

이 세상에
딱 둘만 남게 된다면
하나의 고독은
하나가 덜어주고
하나의 병고는
하나가 보살펴주고
하나의 열매는
하나와 나누어 먹고
하나의 일은
하나가 도울 수밖에 없으니

하나는 하나가 아니요
둘이며, 둘은 둘이 아니고
하난데

이 세상에
딱 둘만 남았을 때
하나가 없다면?

그런데, 우주에는
딱 하나씩만 살고 있는 별도
있다고 한다

별의 거리

한 은하계에는 천억의 별들이 있고
우주에는 그런 은하계가 또 천억도 넘는데

은하계에서 가장 가까운 별도
서로 수천수만 리씩 떨어져 있단다

별처럼 많은 사람
이 행성에 살고 있지만

서로의 거리도 천 리 만 리
별만큼 멀다

종소리

현관문에 놋쇠 종 하나 달아놓았네
여닫을 때마다 댕그랑 댕그랑

교회당 새벽 종소리처럼
산사의 저녁 종소리처럼

맑게 울리는 소리
문을 나서며 가슴에 찰랑 담아 가네

온종일 티끌 먼지 뒤집어쓰고
가시덤불 엉겅퀴 헤치고 다닐 땐
까맣게 잊은 종소리

노을에 돌아와 문을 열면
아는 체하고
먼지 낀 귀를 말갛게 씻어주네

달리는 벤치

초록공원 벤치는
네 개의 다리 대신
양쪽 발이 둥그런 바퀴
저렇게 가만히 앉아 있지만
내심, 어디론가 가고 싶은 게야
누군가 찾아와 앉으면
그와 함께 동네 한 바퀴 돌고 싶은 게야
아무도 오지 않는 깊은 밤에는
바퀴를 쏘옥 꽁무니에 집어넣고
아마 저 혼자 저 하늘 날아오를 게야
밤새 별나라를 날아다니다
이른 새벽, 사람들 깨어나기 전
다시 초록공원 몰래 돌아와
저렇게 시치미 뚝 떼고
앉아 있을 게야

모퉁이

가고 가다가
만나고 만나는 모퉁이

모퉁이에서 쏙쏙 고개를 내미는
과일 장수 생선 장수 손수레
강아지가 꼬리를 흔들며 나오고
할머니 지팡이
때론 세발자전거가 돌아 나오기도 하지

가고 가다가
만나고 만나는 모퉁이

다음 모퉁이에선 무엇이 나올까
내가 기다리는 당신은
어느 모퉁이에 숨어계실까

수건돌리기

아담아 네가 어디 있느냐?
내가 벗었으므로 두려워하여 숨었나이다.
어찌하여 낯을 피하여 숨느냐?
누가 너의 벗었음을 네게 알렸느냐?
내가 너더러 먹지 말라 명한
그 나무 열매를 네가 먹었느냐?
하나님이 주셔서 나와 함께 있게 하신
여자 그가 줌으로 먹었나이다.
여자야 네가 어찌하여 이렇게 하였느냐?
뱀이 나를 꾀므로 내가 먹었나이다
하나님, 하나님이 그 열매를 만드셨고
뱀 또한 만드시지 않았습니까?

소를 타고

피 흘리고 가죽 벗겨
잘리고 접히고
찔리고 못 박힌 채
죽었다가 다시 살아
날 찾아온, 한 쌍의 소

발바닥보다 더 낮은 바닥에서
맑은 곳 궂은 곳 온몸으로 핥으며
고린내 짓눌림 다 받아내면서도
긁히고 찢기고 닳으면서도
내가 먼저 버리기 전에는
결코, 날 떠나지 않는, 구두

밤새 문간 지키다가
다시 밝은 날, 날 태우고
뚜벅뚜벅 세상으로 나가는,
고마운 나의 소

초상화 한 폭 치켜들고

출근길, 전철 객차 안이
그녀의 화실이다

부스스한 얼굴, 자리에 앉자마자
서둘러 화구를 펼친다
익숙한 손놀림, 꼼꼼한 붓질
눈썹 그리고 입술 그리고
토닥토닥 발그레 떠오른 두 볼
선명하게 피어나는 귀•눈•입•코

이번 역은 피카소, 피카소역입니다
내리실 문은 오른쪽입니다

완성된 초상화 한 폭 치켜들고, 화가는
환하게 화실 문을 나선다

단풍을 보다가

설악산 한계령을 넘다가
한 줄기 바람 만났네

바람은, 무슨 영혼 품었기에
산 만나면 단풍 되고
갈잎에 닿으면 노래 되고
물에서는 은빛 춤이 되는가

얼만큼 맑고 고운 영혼을 품어야
나, 그대 가슴 만나
단풍으로 물이 들까

이제 나
그대 마음줄 울리는
노래가 되고
황홀한 춤이 되리

|

시처럼 사는 길 닦기 노래

이상호(시인, 한양대 명예교수)

1. 시의 꿈과 삶의 길, 시심의 원천

임문혁 시는 시인이 시를 거창하게 생각지 않는다는 생각을 거창하게 생각하게 만든다. 『반가운 엽서』라는 이름으로 세상에 태어날 새 시집 원고를 받고 처음 열어보았을 때 얼핏 다가온 느낌이 그렇다. 그는 무엇보다 시의 생활화에 대한 꿈이 커서 거대한 기중기인 양 한없이 무거운 삶을 시라는 지렛대로 슬쩍 들어 올려놓고는 이러쿵저러쿵 자세히 살펴보면서, 이런데도 의식과 행실을 바꾸지 않을 수 있겠냐고 자문자답으로, 또는 우리에게 보란 듯이 노래한다. 그 일의 본질이 시여서 노래라 일컬었지만, 무슨 타령처럼 삶의 애환을 절절히 부르며 때로는 아픔을 삭이거나 즐기기도 하기 때문이다.

　그의 어떤 작품들은 겉으로 건성건성 일별하면 다소 평범해 보일 수도 있다. 이는 아프고 답답한 자아와 세계를 까발리듯 들어내어 사람들에게 호소하고 싶은 절박한 시심의 명령에 따른 결과로 보인다. 너무 아픈 삶에 관한 회의는 꾸미고 감추고 에두르고 시치미뗄 겨를이 없다. 그런 작의는 사치일 수도 있으니까. 그런데 다른 어떤 작품들은 시성詩性이 알차게 배어 자세히 읊고 뜯어보게 만들어 그 길로 따라가면 한껏 솜씨를 뽐내며 잘 빚은 결실을 실감할 수 있다. 이런 작품을 만나면 압축과 함축성, 적절히 내면화된 리듬, 시치미떼기와 반어-역설 따위의 표현 의장들로 말미암은 시적 모호성이 상당해 알맹이가 쏙 빠지도록 털려면 상당한 도리깨질로 땀깨나 흘리겠구나 하는 즐거운 두려움을 느끼게 된다.

　내가 보기에 임문혁 시인은 아픔의 심도에 따라 표현 농도를 이원화한 듯 보이고 그 의도는 대체로 잘 녹여내고 실현된 듯하다. 이에 비해 작품 대부분이 한 장을 넘지 않을 만큼 단출하게 이루어진 점은 다른 측면에서 관심을 끈다. 요즘 문예지마다 넘치는 어떤 시들(?)과는 달리, 시

아닌 길로 가는 줄도 모르고 장황하게 있는 말 없는 말 마구 쏟아내어 지나치게 언어를 낭비하며 억지를 부리거나 힘을 주지 않아서 좋다. 어떻게 보면 그늘지고 보잘것없는 데서 씨앗을 일구어 어엿한 시로 길러내는 솜씨가 볼 만해 만남의 보람을 누릴 수 있다.

건성건성 읽어 느낀 흐린 전망이 깊게 옳고 음미해 맑음이라 바뀌자 그의 시들이 다른 때깔로 옷을 갈아입은 듯 새 모습으로 다가왔다. 아니, 먼저 '시인의 말'부터 되돌아 보였다. "시 한 편 읽은 날/잘 산 날//시 한 편 쓴 날/더 잘 산 날//시처럼 산 날/정말 잘 산 날"이라는, 오로지 시에 관한 삶으로 거리를 좁히며 점점 고조되게 한 시 형식의 이 짧은 진술에 임문혁 시인의 신념과 열망이 듬뿍 담겨 있다. 시 읽기와 짓기, 시처럼 살기로 이어지는 점층적 삶의 행태를 통해 시인으로서 그가 꾸는 궁극의 꿈이란 다름 아닌 스스로 시(노래)가 되어 정제된 아름다움을 지닌 존재가 되는 거란다. 이보다 더 진정성을 지닌 시심이 있을까!? 시를 골똘히 생각할수록 마음에 힘이 들어가기 쉬운데, 임 시인은 오히려 그 반대라는 생각이 짙다. 이 글 첫 문장의 역설은 바로 이런 느낌을 나타낸 것이다. 필요 이상으로 부풀리지 않고 담담하게 표현하면서도 시다움을 잊지도 잃지도 않으려는 작지만 큰 시심의 정체를 엿본 결과를 나는 그렇게 비틀어 보았다. 그 정서를 시로 직접 표현하면 어떤 모습일까?

외할머니 시집오실 때
외할머니의 어머니는 딸 품속에
조약돌 하나 넣어주셨단다
돌이 말하면 비로소 너도 말하렴
외할머니는 그때부터 돌이 되어
입을 닫으셨단다

우리 어머니 시집보내실 때
외할머니는 딸 품속에
모란꽃잎 자수를 넣어주셨단다
모란이 하는 말을 따라서 하렴
그때부터 어머니는
모란 입술 같은 말만 따라 하셨단다

딸아, 이제 네 차례가 왔다
네 품속에 무얼 넣어 보낼까?

시 한 편 곱게 적어 넣어준다면
네게서 새록새록 시가 피어날지도 모르는데
시처럼 노래처럼 살 수 있을지도 모르는데

딸아, 이제 네가 시를 완성해다오

       – 「딸에게」 전문

    우리의 집단기억을 불러일으키는 제재라 시 자체를 이해하기는 그리 어렵지 않다. 다만 5대에 걸쳐 시집보내기에 얽힌 일motif들이 우리의 생각 갈피를 많이 더듬게 만드는 맛있는 작품이다. 이와 관련하여 먼저 생각해볼 대목은 일종의 비판적 모방parody으로 이루어진 형식이다. 시대와 사회, 풍습과 문화 등 모든 면에서 세상 물정이 표변해 요즘엔 잘 듣지 못할 민담이지만, 우리 사회에 오래 떠도는 말 중에 시집가는 딸에게 친정 부모가 신신당부한 인내 사항은 널리 알려져 있다. 딸에게 시집가면 '벙어리 3년, 귀머거리 3년, 장님(소경) 3년', 그러니까 10년 가까이 알아도 모르는 척, 들어도 못 들은 척, 보아도 못 본 척하며 입 다물고 살라고 일러주었다는 것. 말하자면 그 집안에 뿌리를 내릴 때까지는 말도 많은 시집살이를 슬기롭게 꾸려 괜한 풍파를 일으키지 말고 가정에 평화가 깃들게 하라고 강조하는, 부모의 큰 걱정과 기대가 담긴 내용이다.[1] 이 시는 그 민담 전체를 아우르는 '말'에 관한 부

1) 긍정적으로 보면 그 내용은, 어린 딸이 남의 집안 며느리가 되어 성장 환경과는 다른 낯선 가정문화에 적응하는 과정에서 마찰과 갈

분만 끌어와서 시적으로 축약하고 변주하였으니 발상 과정에서 민담을 시의 씨앗으로 삼았다. 이는 전승-변화, 계승-쇄신, 또는 변하지 말아야 할 것(가정의 화합과 평화)-변해야 할 것(인권·자유·자율 신장, 불합리성 타파)을 구분하고, 구설수 만드는 말실수를 가장 큰 화禍로 보는 뜻을 반영하며, 언어를 질료로 삼는 시의 특성을 나타낸 것이기도 하다.

다음으로는 장애인 차별성 지양, 인권과 평등 옹호 및 신장, 언어 순화 등을 지향하는 시대적 변화에 호응하고 시인다운 문제의식으로 옛날에 장애인에게만 빗댄 고정된 관념을 자연물 심상과 예술적 상징으로 변형해 의미가 암시되도록 에두르고 유연하게 표현한 점도 관심거리이다. 이를테면 외할머니의 어머니(1대)[2] →외할머니(2대) : 상징물; 조약돌(무기물, 굳은 의지, 듣고 보고 말할 수 없음), 외할머니→우리 어머니(3대) : 상징물; 모란꽃잎 자수(생명체

등을 겪을 가능성이 크다는 집단경험에서 우러나온 슬기로운 당부일 수 있다. 또 씨족 공동체로 형성된 마을이 대부분이던 시절에 새색시에 대한 주민들의 관심이 많았음을 뜻하기도 한다.

2) 시적 화자인 나를 기준으로 외가 쪽으로 거슬러 올라가면 외-증조모이고 딸에게는 외-고조모 벌이다.

형상; 아름다움, 부귀영화, 행복한 결혼), 나[3](4대)→딸(5대) : 상
징물; 시·노래(예술; 심미성, 성찰, 흥겨움, 영원) 등의 변화 과
정에 깃든 속뜻이 주목된다. 시인이 전달 대상을 조약돌
(사물, 실체, 자연)에서 모란꽃잎 자수(시드는 생물을 자수로 형
상해 영원성 부여, 실용성+예술성)로, 다시 시·노래(예술)로 변
화를 꾀한 표현은, 오직 장애인으로만 비유한 원본의 단
조로움과 부적절성을 비판하고 현대적으로 변주해 시적
묘미와 분위기를 고조하고 재치와 재미를 더해 감상의 즐
거움까지 드높이는 큰 결실로 이어지기 때문이다.

한편, 전달 상징물의 변화 중 당대(시인)의 시와 노래에
대해서는 더 생각해볼 여지가 있다. 즉 선대의 물질적 영
원성을 유연하고 가변적인 예술적 영원성으로 진화하도
록 표현한 원인과 효과에 관한 문제이다. 이는 물론 일차
적으로는 시인의 큰 꿈을 반영한 결과이겠으나 한 걸음
더 파고들면 딸이 완성해주기 바라는, 시인(우리)이 염원
하는 궁극의 예술적 삶이란 어느 한 세대나 순간에 완성
되는 게 아니라 대대손손 대물림하고 이어지는 가계처럼
계속 변화와 쇄신을 통해 영원히 추구해야 할 공통 선善
이자 목표임을 뜻한다. 요컨대, 시인은 자아 성찰과 심미

---

3) 시인(지은이). 해석 과정에서 시인과 시적 화자는 겹치기도 함. 이
하 같음.

적 체험을 지향하는 시처럼 우리가 아름다운 존재로 거듭나야 한다는 열망을 시집가는 딸의 품속에 넣어주는 시를 통해 암시하려고 했다고 하겠다.

이러한 시인의 의지와 꿈은 이번 시집의 머리 작품으로 내세운 「이어걷기」에서도 흥미롭게 표현되어 있다. 아내가 주워온 구두 한 켤레를 제재로 여러 가지 상념을 풀어낸 뒤, "그렇다고 공으로 신으면 안 되겠지/이 구두 신고 이제부터 내가 걷는 길은/옛 주인이 그렇게 걷고 싶어 했던 길/이어걷는 길이 될 것이다//노을의 가슴이 붉다"라고 맺은 구절에서 딸에게 바라는 마음과 같은 삶을 살려는 시인의 의지와 노력을 확인할 수 있다. 남이 신다 버린 헌 구두가 자기 발 치수보다 좀 큰 데도 주워다 준 아내를 생각해 그냥 받아 신고 옛 주인이 걷고 싶어 했던 길(인류의 보편적 꿈 암시)을 이어 걷겠다고 다짐하는 그의 모습에서 크고 넉넉한 품성을 엿볼 수 있다. 그리고 이를 통해 우리는 꿈이라는 바통을 주고받는 부모와 자식(선조와 후손)이라는 혈육 간의 도타운 정을 넘어 너와 나는 물론 선후배 사이도 그러기를 바라는, 더 큰 공동체 단위로 확장하면 아름다운 역사와 문화의 계승이라는 의미가 잘 소통되기를 바라는 뜨거운 마음도 감지할 수 있다.

그러나 그러함에도 이 시를 '노을의 가슴이 붉다'로 마무리한 표현을 아프게 받아들이면 시인의 마음에 일말의 애틋함과 서러움이라는 복합 감정complex이 끓어오름을 느껴 더 짠하게 다가온다. 그가 서 있는 지점이 노을 지는 시간인지라 곧 밤으로 접어들 테니 심리적으로는 그 노을이 마지막 불꽃처럼 더욱 붉게 타오를 수밖에 없다. 이는 그의 의지와 꿈을 실현하고 완성하기에는 그만큼 한계가 있다는 경험칙을 뼈저리게 의식하고 현존에 대해 더 열렬히 애착한다는 의미를 나타낸다. 다시 거대 담론으로 더 확장하면 결국 인류는 늘 그런 꿈과 한계 사이에서 바통을 주고받으며 세대를 이어갈 숙명을 타고났음을 강조하는 뜻이기도 하다. 이에 감응하는 독자라면 공동체와 집단지성의 의미와 가치를 더 절실히 일깨우고 되새기지 않을 수 없으리라.

2. 삶을 시처럼 사는 길 닦기, 진지함과 외로움의 엇박자

임문혁 시는 주로 삶을 성찰하고 반성하며 거듭나려는 방향으로 전개되므로 서정적 유형으로 가름할 수 있다. 성찰과 반성이라는 말이 뜻하는 대로 시인은 지난 삶을 되돌아보고 잘못된 부분에 대해 뉘우치며 바람직한 방향을 가늠하고 고쳐 가는 길을 걸어야 한다는 정서를 많이 표현한다. 그의 서정적 시편에 이런 유형이 많음은 그만한 까닭이 있다. 기본적으로는 서정적 양식(서정시)의 특성이자 보편성을 의미하는 동시에 인간이란 대체로 결핍투성이임을 암시한다. 그리고 시적 정의 측면에서는 그 결핍성을 충만으로 바꾸어 자유를 누리고 싶은 절실하고도 영원한 인류의 꿈이 담겨 있다. 앞서 우리는 그 결핍성을 충족하는 최선의 길이 곧 시처럼 사는 일임을 잠시 둘러본 적이 있다. 이제 그 실상을 본격적으로 살펴볼 차례가 되었는데, 다음 시는 그 첫 관문에 직면한 존재의 한 모습을 그려냈다.

사거리에 서니
절로 망설여지네
건너야 하나 말아야 하나

사거리 한복판에서
나에게 묻네
왜 여기 서 있지?

횡단보도 건너며
사방을 두리번거리네

어디로 가야 하지?

한 사거리 건너도
보이지 않는 다음 사거리
또 어디서 나타날 것이네

낯선 사거리에서
표표(漂漂)한 마음 들고
저 앞을 보네
　　　　　- 「사거리에서」 전문

여기서 '사거리'는 자아 성찰의 문이 열리는 지점의 좌표로 형상된다. 사거리는 사방이 열려 있어 어디로도 갈 수 있는 장점이 있는 반면에 부정적으로 보면 어디로 가야 할지 막연해 혼란과 망설임으로 주저하게 하는 공간이다. 이 시에서는 일단 표면적으로는 뒤쪽의 결핍성을 메우기 위한 회의와 노력을 보여주는 심상을 보여준다. 다시 말하면 그곳은 삶을 시처럼 살려는 의지를 다잡고 실현하려는 시인이 꿈길로 드는 입구이자 출발점이 되기는 하나 아직은 자기 정체성 형성(形成)을 위한 길이 열리기 직전의 혼돈 상태이다.

　표현이 비교적 간명해 한눈에 들어오지만, 스스로 꿈꾸

는 궁극의 경지를 찾아가려는 출발점에 서 있는 자아의 모습을 더 요약하면 이렇다. '나'가 사거리 한복판에 서서 어디로 가야 할지 판단이 서지 않아 망설이다가 속으로 중얼거림, '왜 여기 서 있지?'→일단 횡단보도를 건너가다가 다시 혼란스러워 '어디로 가야 하지?'라고 답답해함→한 사거리를 더 건너가도 상황이 달라지지 않을 것이라 예단함→낯선 사거리를 헤매면서도 결국에는 '저 앞을 보네'라고 단정함. 더 압축하면 그는 지향 지점을 쉽게 가늠하지 못해 방황하면서도 '앞'으로 가야만 한다는 목적의식은 분명히 갖고 있다. 이런 점에서 자아의 방황 행위에는 긍정적으로 탐색 감각이 스며 있다. 이를테면 시쳇말로 '답정녀'의 형국인 셈이다. 지금은 방향성을 잃고 주저할지라도 답은 이미 정해졌다는 것. 그의 시선이 머무는 그곳, 바로 '저 앞'을 보고 가야 한다는 사실만은 분명히 인식하므로 곧 방향성이 결정되리라 예상된다. 다시 말하면 그는 지금 동트기 직전의 어둠 속에 든 국면이다.

그렇다면 저 앞으로 가야 할 그 길은 어떤 모습일까? 이제 우리는 그 길을 동행하면서 시인이 찾는 정체성 identity의 실상을 그려보기로 한다. 먼저 관심 가는 대목은 앞길을 가늠하기 위해 지나온 길을 되돌아보는 시법이다. 이를테면 출발 전에 먼저 뒤쪽 상황을 살펴보는 거울

[後視鏡, back mirror] 기능 같은 기법을 통해 자아의 과거와 현재를 살피는 것. 이는 앞으로 나아가는 시간을 잠시 지연시킬 수 있으나 목표 지점에 더 안전하고 바르고 빠르게 도달하기 위해서는 꼭 필요한 과정일 수 있다.

그동안 내가 먹어치운 것들 어찌 다 헤아리랴

몇백 가마니 쌀과 보리 밀 고구마 감자…

소 수십 마리, 돼지 닭 토끼 오리 수천 마리

사슴뿔 곰쓸개 뱀탕 상어지느러미에

갈치 고등어 문어 새우 멸치…

헤아릴 수 없는 사과 배 감 복숭아…

어찌 이뿐이랴

소주 맥주 막걸리, 몇만 리터의 물과 공기

이 모두가 죽이고 빼앗고 훔치고 끌어온 것들

산과 바다를 다 집어삼키고도 채워지지 않은

밑 빠진 내 가죽 항아리여!

이 다음에 주인 만나면

나 뭐라고 용서를 빌까

　　　　　-「그분은 뭐라 하실까」 전문

이 시는 무자비한 탐욕에 사로잡혔던 과거를 폭로하고 부끄러움과 속죄의식이 싹트는 지점에 서 있는 자아상을 그려냈다. 시인은 "너 자신을 알라."라고 일갈한 소크라테스적 아이러니를 통해 새로운 존재로 거듭나는 계기로 삼으려 한다. 같은 기법으로 이루어졌는데 "애비는 종이었다"라는 자기 폭로로 시작되는 미당의 「자화상」과는 상당히 다르다. 비록 부끄럽기는 해도 누가 어떻게 취급하고 무슨 말을 하든 개의치 않고 뉘우치지 않으며 제 길(시)을 걷겠다고 당당하게 선언하는 형식을 취한[4] 미당과는 달리 이 시에서는 '용서를 빌까'라고 잘못을 뉘우치고 속죄하려는 자세를 보여준다. 미당에게는 종노릇 하는 아버지와 자식 관계로 인한 세속적인 반응이 마음에 걸리는 반면, 이 시에 나열된 게걸스러운 모습들은 시인, 아니 현대인들의 물욕-탐욕이 주원인으로 작용한 추악한 실상이다. '이 모두가 죽이고 빼앗고 훔치고 끌어온 것들/산과 바다를 다 집어삼키고도 채워지지 않은/밑 빠진 내 가죽 항아리여!'라고 크게 탄식하는 대목, 그리고 '이 다음에 주인 만나면/나 뭐라고 용서를 빌까'라고 한갓 머슴(절대자를 의식함)인 주제에 극악무도한 죄를 저지른 자아에 대

---

4) 자신이 어찌할 수 없는 아버지의 일일 뿐만 아니라 현대 자유민주주의와 평등사상에서는 직업의 귀천을 따지지 않고 인간의 존엄성을 중히 여기는 점을 고려하면 미당은 잠시 부끄러워할지언정 뉘우치거나 누구에게 용서를 빌 까닭이 없다.

해 대오각성하고 속죄하려고 하면서도 망설이는 모습을 보면 우리도 덩달아 자괴감에 젖어 고백하고 용서를 빌며 속죄하고 싶을 정도로 실감 난다. 오늘날 극도로 혼탁한 세상이 여실히 증명하는 까닭인지라, 조금이라도 현실 인식과 자의식을 가졌다면 아마도 그것을 이 시인만의 고뇌이고 필자만 공감하는 일일 뿐이라고 매정하게 외면할 수는 없을 것이다.

뒤늦게 깨닫고 후회하는 시인의 자책감과 비판의식은 물질적인 문제에만 국한되지 않는다. 상대와 힘[權威: 권력·위력]의 크기에 따라 달라지는 존재의 이중인격성도 한심하기는 마찬가지이다. "사자 호통, 호랑이 외침만 듣고 살다가/다람쥐 하소연, 토끼 하소연, 귀 막고 살다가/나 귀 먹었구나/바람의 노래, 강물의 노래, 달의 노래, 별의 노래/들을 수 없게 되었구나" "울지 않는 귀뚜리, 당신의 침묵/알고 보니/내가 귀를 닫은 것이었구나"(「귀」)라고 표현한 시에서는 강자에게 약하고 약자에게는 강한 비열한 인간 모습을 풍자적으로 보여주기도 한다. 무지와 무정에 의한 일종의 순진성 아이러니를 보여주는 이 시에서 시인은 모든 문제의 근원이 제게 있으므로 그것을 스스로 단죄하는 의미로 대자연의 합창 소리를 듣지 못하고 단절되는 벌을 내린다. 이는 자업자득이나 사필귀정이라는 말처

럼 알고 하든(악의적) 모르고 하든(순진성) 부조리에는 대가
가 따르기 마련이라는 자연의 이치를 곱씹게 한다. 그래
서 그럴까, 시인은 더 큰 거울 앞에 서서 아예 모든 것 분
별하지 않고 포용할 수 있는 더 큰 자아상을 그려본다.

찾아오는 이
빈부귀천 가리지 않으리
모두 담쑥 안으리

같이 걷고 같이 춤추고
같이 웃고
또 같이 울리

세월 흘러 등 돌리고 떠나면
말없이 고이 보내리

가슴에 구멍 숭숭 나면
텅 빈 허공으로 남으리

허공으로 남아 혼자 울리
- 「거울처럼」 전문

이 시에서는 세속적인 욕심이라는 의미를 찾기 어렵다.

굳이 따지자면 빈부귀천 가리지 않고 오고 가는 것들 그냥 그대로 받아들이는 대포용의 자세를 갖겠다는 것은 어쩌면 인간의 범주를 넘어서는 자연의 경지라고 할 수 있으니 보기에 따라서는 인간 능력으로는 불가능한 가능성에 도전하는 지나친 욕망이라고 힐난할 수도 있다. 그런데 3연의 '세월 흘러'를 기점으로 하여 앞 두 연에 보이던 통합성이 분리성(이별)으로 바뀌면서 고립·침묵·공허·슬픔·울음 등 총체적으로 외로움 정서를 떠올리게 하는 의미로 확연히 달라지는 장면에 이르면, 시적인 차원에서마저도 어쩔 수 없이 인간적 고뇌로부터 완벽하게 단절되기 어렵다는 시인의 인식이 드러난다. 혼자 왔다 혼자 가는게 인생이라 하지만, '텅 빈 허공으로 남으리'라는 담담한 다짐을 곧바로 '허공으로 남아 혼자 울리'라고 정정하여 마무리하는 대목에서 이상과 현실 사이에 끼어 결국에는 고뇌와 외로움에 시달리는 인간의 숙명이 가슴 아리게 번져 나온다.

3. 삶의 무게를 줄이는 시적 지렛대, 의미와 재미의 이중주

부정적인 자아에 대한 성찰을 중심으로 읊어내는 시편

들은 일면 참된 존재를 절실하게 지향하여 참으로 아름다우면서도 한편으로는 진지함이 너무 무거워 애잔하게 전개된다. 인간 본능 중에 식욕을 으뜸으로 꼽듯이 어떻게 보면 욕망은 살기 위한 어쩔 수 없는 심리 작용인데, 문제는 극한점에 달한 듯한 자본주의적(물질만능주의적) 세태가 지나친 탐욕을 부추겨 세상에 꼴불견이 너무 다반사로 일어난다는 점이다. 앞서 보았듯 시인이 비판적 자아를 발동하여 뼈아프게 성찰하고 반성하며 속죄의식에 젖는 까닭은 바로 그 때문이다. 그러함에도 다른 측면에서 생각하면, 아무리 그렇더라도 시라는 예술 작품이 더없이 진지한 종교나 철학, 또는 도덕 교과서 같은 무게에 버금가서 되겠는가? 임문혁의 시를 읽어가다가 문득 이런 회의를 자아내게 하는 작품들이 하나둘 불거지기 시작했다. 이를테면 다음과 같이 의미와 재미를 아우르려는 예술적 책략이 잘 스며든 작품들 말이다.

신문에 까만 벌레들이 꾸물꾸물 기어 다닌다
발밑이 뿌옇다

차마 눈 뜨고 볼 수 없는
작은 것, 쓸데없는 것, 못된 것

다 보고 사시느라 얼마나 힘드셨나요

노안입니다

이제부턴 멀리 보고 사십시오

기어코, 나도 원시인이 되었구나, 그래

코 앞, 눈 앞, 발 밑 길바닥만 보지 말고

아마존 밀림, 북극 빙하, 아프리카 킬리만자로로

시야를 넓혀야지

간밤 꿈에 만난 하늘나라까지도 보아야지

            - 「원시인에게」 전문

웬만하면 이미 눈치챘을 테지만, 이 시는 눈의 시력과
관련된 시어 '원시遠視'를 동음이의어인 '原始'로, 다시 원
시인으로 확장하여 말놀이[言語遊戱] 형태로 시적 재미를
추구한 작품이다. 요즘 흔히 일상생활에서 이런 말놀이를
하면 '아재 개그'라고 유치하다는 듯 비아냥거리면서 웃
는 사람도 있는데[5] 사실은 시에서 자주 사용되는 아주 오
래된 아이러니 기법의 일종이다. 고정관념이나 편견을 깨
는 시각의 다양성, 진실 발견, 사고의 깊이, 열린 사고, 넓

---

5) 그러함에도 유행으로 사회에 널리 번지는 현상에 따르면 비아냥
거림도 아재 개그와 짝을 이루는 놀이의 한 구성체로서 즐거움을 주
는 요소가 된다.

은 식견과 언어 감각, 표리부동과 이중성, 시치미떼기, 비약적인 사고방식, 참신한 시각 등등 일상적 상식과 보편적 범위를 넘어 신선한 감각을 보여주어 새로움 추구가 생명인 시적 생리에 안성맞춤인 기법이다.

시의 흐름을 보면 안과의사의 가벼운 농담 섞인 진단을 빌미로 하여 시적 언어 감각으로 반전시킨 이 시는 자아 성찰과 반성을 역사와 문명 비판과 생태적이고 우주의 근원으로까지 확장하면서 거대 담론으로 이어졌다. 말하자면 '차마 눈 뜨고 볼 수 없는/작은 것, 쓸데없는 것, 못된 것'들까지 만들어내는 인간들의 비리와 부조리를 비판하고 저항하면서 문명 이전의 자연 상태로 돌아가고 싶은 정서를 담아냈다. 주제 자체는 무척 진지하되 그것을 표현하여 받아들이게 하는 과정에 즐거운 말놀이를 가미하여 지각知覺과 잠재 효과가 높아지게 하였다.[6] 다음 시는

<hr />

6) 잘 지어 즐겁게 감상하고 누리게 하는 형식성에 대해 사상(내용)을 더 중시하는 옛날 관점에서는 몸에 좋은 쓴 약을 먹기 위한 수단으로 겉을 단 물질로 감싸놓은 당의정 같은 형태에 비유하기도 했지만, 엄밀히 따지면 형식은 부차적인 수단이 아니라 의미와 상보적인 관계로 보아야 마땅하다. 아무리 좋은 약이라도 환자가 안 먹으면 아무 소용이 없으니까. 따라서 질료를 효율적으로 맛나게 조직하는 솜씨이자 그것을 재미있게 받아들이고 즐기게 하는 수단과 방식인 형식

놀이 개념으로 한 걸음 더 나간 형태를 보여준다.

> 아내가 뜬금없이 물었네
> 다시 태어난다면
> 그때도 나와 결혼할 건가요?
>
> 한참 만에, 무겁게 입을 여네
>
> 다음번에 난 별을 낳고 싶소
> 어린 별들에게
> 젖 한 번 꼭 물려보고 싶소
>
> 내 별난 꿈, 용서해주구려
> 아니면, 당신이
> 별이 아빠가 되든지요
> — 「다시 태어난다면」 전문

이 시는 '뜬금없이' 묻는 말에 뜬금없는 대답으로 대응하는, 결과적으로 진지함이라는 측면에서는 그야말로 무의미한 말놀이를 본질로 하는 작품이다. 이것을 놀이로 받아들이면 스치듯 가볍게 즐길 수 있으나 시치미떼기,

---

도 주제나 사상에 버금가지 않을 수 없다.

아이러니 기법으로 음미하고 풀면 많은 설명이 필요한 깊고 미묘한 사연이 들어 있다. 그렇다면 이 시에는 어떤 의미들이 함축되어 있을까?

먼저, 뜬금없이 던지는 아내의 질문인 '다시 태어난다면/그때도 나와 결혼할 건가요?'라는 말이 가정법으로 이루어진 점에 대한 문제이다.[7] 그러니까 이미 불가능한 미래를 전제로 한 무의미한 질문이므로 대답도 사실 여부와 상관없이 진지할 필요가 없다. 그것을 진지하게 받아들이면 우문현답은커녕 오히려 머쓱해지는 장면으로 이어질 수 있다. '한참 만에, 무겁게 입을 여'는 남편의 입에서 나온 '다음번에 난 별을 낳고 싶소'라는 말은 아내의 가정법이 실제로 실현될 수 없듯 한갓 말장난에 불과하다. 따라서 한참 고민한 척 무겁게 입을 연 남편의 행위는 진지함

---

7) 다시 태어나는 문제는 종교적으로 큰 관심사 중의 하나이다. '부활'이나 '윤회' 같은 말이 대표적인데 내 식견으로는 부활이 긍정성이라면 윤회는 부정성이 있다. 이승에서 바르게 살아야 부활하는 반면에, 죄짓지 않고 착하게 살면 다시 태어나지 않고 이승에서 완전히 소멸하여 열반에 들지만 그러지 않으면 윤회하여 다시 번뇌의 바다인 이승에 태어나 고통스레 산다고 하니까. 어느 쪽이 맞는지 잘 모르나 하여튼 이승에서부터 먼저 '잘 살라'는 의미를 강조하는 뜻만은 공통된 이상임을 알 수 있다.

을 가장하기 위한 장난기에 가깝다. 이 시치미떼기의 대답 안에는 또 다른 의미가 들어 있다. 즉 곰곰이 생각해보니 당신과는 다시 만나고 싶지 않다는 결론. 그래서 더 심각하게 들릴 남편의 대답은 이런 뜻들을 에둘러 표현했다고 보아도 무방하다.

그 뒤로 이어지는 내용은 다시 결혼하지 않겠노라고 대답한 것, 다시 결혼하고 싶을 만큼 사랑하지 않는다는 의미로 받아들일 만큼 잘못 대답한 일에 대해 반성하는 성격이 짙다. 이 점을 간접적으로는 '내 별난 꿈'이라는 표현을 통해 말놀이(유별난, 별 낳은)로 물타기 하고, 직접적으로는 '용서해주구려'라는 말로 지우려 한다. 그래도 미심쩍어 그는 '아니면, 당신이/별이 아빠가 되든지요'라고 말을 바꾼다. 그런데 이 말도 문제가 있기는 마찬가지이다. 설령 다시 태어나고 서로 결혼하더라도 현생 같은 배필 관계는 맺지 않겠다는 것, 더 새겨들으면 어떻든 이승의 결혼 상태는 만족스럽지 않다는 뜻이니 결과적으로 아내를 두 번 세 번 울린 격이 되어 버렸다. 어떻게 보면 다시 태어나기 불가능한 만큼 다시 결혼하는 것도 불가능하다고 강하게 부정한 것으로 볼 수도 있다. 그토록 남남이 만나 한 가정을 이루어 끝끝내 오로지 만족하기만 한 결실에 이르기가 어렵다는 인생사의 한 속성을 이 시는 역설적으로 보여주었다고 하겠다.

　그런데 이대로 마무리하기는 어딘지 좀 아쉽다. '다시 태어난다면'이라는 가정법을 전제로 한 질문이나 대답이므로 애초에 모두 부질없고 덧없는 대화인데, 남편은 하릴없이 괜히 안 보여야 더 좋을 속만 보이고 말았으니 한바탕 웃고 넘길 일만은 아닐지 모른다. 언젠가 나도 친구 모임에서 다음 생에서는 아예 결혼하지 않겠다고 대답했다가 한동안 노여움을 산 기억이 여태 잊히지 않는 것을 보면 아내에게 그건 민감한 문제로 인식되기 쉽다. 그런데 다소 의아한 점은 텔레비전 같은 데서 보면 다음 생에 다시 결혼하겠냐는 질문에 대해 아내들이 더 많이 더 단호하고도 빠르게 부정적인 대답을 내놓는 경우가 흔해 인생사 참 아이러니함을 느낀다.

　분석심리학적으로 보면 애증은 동전의 양면 같다고 한다. 겉으로 사랑이 커지는 만큼 무의식에서는 미움이라는 그림자도 따라 커진다고 한다. 달리 말하면 사랑이 깊어지고 뜨거워질수록 헤어짐에 대한 싸늘한 두려움도 깊어진다는 것. 예컨대, 소월이 만약 임께서 언젠가 "나 보기가 역겨워/가실 때" 난 어떻게 대처해야 하나라고 미리 당겨서 걱정하는 여인의 심정을 「진달래꽃」으로 그렸듯이, 위의 시도 더 깊이 새기면 아주 뜨겁게 사랑하기에 이별을 걱정하고 그 이후의 일에 대해 궁금해하는 점을 그렸다고 볼 수 있다. 아마도 이게 정답이 아닐까. '화무십일홍'[8] 이라고, 진달래꽃이 아무리 곱고 아름다워도 영원할 수는 없는 게 자연의 정한 이치이므로 만남의 시작은 곧 이별의 시작점이 된다. 그래서 우리는 순간마다 더 애틋하고 진지하게 사랑하지 않을 수 없게 된다.

이처럼 시는 우리에게 현재를 통해 미래를 내다보는 슬기를 심어주어 읽는 노고를 보람으로 갚아주는 구실을 한다. 위의 시는 이왕이면 놀이하듯이[9] 즐겁게 만나면 더 좋은 결과로 이어지리라는 예술적 이상과 믿음이 여러 가지 기법을 만들어낸다는 사실을 새삼 일깨운다. 말이 너무 길어져 걱정이나 다른 형태의 시 한 편을 더 보지 않을 수 없다.

허공 한 귀퉁이
나선 실 방사 실 엮어 그물치고

---

8) 열흘을 붉게 피어 있는 꽃은 없다.

9) 아동문학가 엄기원 선생이 농담했다는 말놀이 형태를 떠올려 지은 "반성문은 영어로 '글로벌'이라며/ … /마땅히 글로 벌 받아야 한다"(「5월의 반성문」)라고 표현한 시도 웃음이 감돌게 한다.

몇 날을 오롯이 바쳐
잠자리 한 마리 묶었다

밤하늘 별빛 아래
몸통 파먹고 날개 뜯으며
히죽 울었다

울음 마디마디에
아픔이 뚝뚝 떨어졌다
                    –「거미」전문

참 맛깔난 작품이어서 그냥 지나치기 아까워 만나본다.
연 가름 표시를 위한 공백 줄을 포함해도 불과 12행으로
아주 간명하게 기승전결로 짜인 이 시를 만나는 즐거움은
크다. '거미'에 빗댄, 그러니까 우유寓喩, allegory를 통해
인간의 심층 심리에서 끌어올린 번민을 매우 산뜻하게 읊
어냈다. 이런 상찬을 불러들이는 일등 공신은 일단 3연의
'히죽 울었다'라는 역설적 표현을 통한 극적 반전이라고
할 수 있다. 왜 그럴까?
    거미가 거미줄로 허공에 그물을 치는 노고와 먹이가 걸
려들기를 바라고 기다리며 인내한 대가로 잡은 잠자리를
뜯어 먹는 일은 조물주가 생명체에 심어준 생존본능에 의

한 행위들이다. 그러니 그 일은 누가 뭐라고 따질 만한 시빗거리가 될 수 없다. 문제는 그다음에서 일어난다. 본능의 명령에 충실히 따르면서도 무엇 때문인지 갑자기 울음을 터뜨리는 모습이 우리에게 많은 생각에 잠기게 한다. 물론 이 사고작용은 만물의 영장인 인간에게는 의식이 없을 듯한, 미물에 지나지 않는 거미의 삶으로 보는 게 아니라 마치 인간의 일처럼 우리의 깊은 속내를 들여다보게 자극하는 우유 기법의 기능 때문이다. 이것이 시를 탄생케 한 핵심이라고 하면 시인은 십분 그 효과가 발휘되도록 잘 지은 셈이다.

또 한 가지, 이 시가 우리에게 생명체의 본능과 그 너머의 잠재의식을 인식하고 감정으로 발동케 하는 것은 '히죽'이라는 부사와 '울었다'라는 동사의 어긋난(모순된) 만남을 설계 조직한 시인의 재치 있는 발상 덕분이다. 아니, 심각하게 고민하고 고도로 압축하고 함축시킨 보람이다. 사전적 의미로 '히죽'[10]은 '웃다'와 짝을 이룬다. 그런데 여기서는 반대로 '울었다'와 짝을 이루게 해 일상적으로는 연결 오류가 일어났다. 그렇다면 고쳐야 하는가? 물론 아니다. 그보다는 오류를 오류로 보지 않고 오히려 강조 의미로 지각 효과를 내고 시의 격을 높이는 '역설'

---

10) "마음에 흡족하여 슬며시 웃는 모양을 나타내는 말."

형식이라는 이름을 붙여 정상화해준 까닭을 먼저 이해하고, 왜 시인이 일부러 표면상 잘못된 형태로 언어를 연결했는지를 곰곰이 따져보아야 한다. 그래서 우의寓意니까 인심으로 따져보면 시인은 거미가 본능대로 잠자리를 즐겁게 뜯어 먹다가 문득 갑자기 자신의 목숨을 위한 희생물로 전락한 잠자리가 불쌍해져 그만 울고 말았다고 상상했으리라 짐작된다. 물론 측은지심이 연민으로 발동한 이 상상력은 생명체의 존엄성에 반하는 살생에 대한 저항 의식이 반영된 결과이다. 우주적, 범세계적 생물체 차원에서 보면 반드시 인간 목숨만 특별히 소중하지 않다. 세상에는 동식물의 생명과 권익 보호에 힘쓰는 사람도 있거니와 아마도 시인은 살육·살생 등 온갖 악행을 저지르는 끔찍한 장면을 떠올리며 거미도 그런데 하물며 인간이 어찌 그럴 수 있느냐고 회의했으리라. 즉 극악무도한 비인간성에 대해 참을 수 없는 미움과 싫증을 강력하게 부르짖고 싶은 절박한 심정을 거미에 빗대어 발현한 셈이다.

내친김에 한 걸음 더 나가 다시 뒤집어보면 표면상 '히죽 울었다'의 역설은 심층의미로는 역설이 아닐 수도 있다. '울었다'가 사전적 의미의 울음이 아닌 웃음의 꼭대기에서 극적으로 바뀐 감동 차원의 울음이라고 보면 그렇다. 울음의 극한은 웃음이고, 웃음의 정점에서는 울음으로 돌변하는 순간을 일상에서도 흔히 볼 수 있으니까. '밤하늘 별빛 아래'서 먹이를 먹는 거미가 낮 동안의 노동과 기다림으로 지쳤을 수 있으니 먹이를 뜯으며 안도하는 순간 그 고통에 대한 비애가 한꺼번에 쏟아지고 풀릴 수 있다. 그리고 그 결실과 보람에 대한 짙은 희열에서 나온 울음일 수도 있지 않을까? 여기에 앞서 밝힌 자신을 위해 희생당한 잠자리에 대한 연민으로서 주제넘게 애도의 정을 표한 의미까지 더하면, '울음 마디마디에 아픔이 뚝뚝 떨어졌다'라는 표현에서 정화되고 소멸하는 대상은 비록 본능에 의한 행위라 하더라도 살생이라는 극단적 폭력을 저지른 거미와 속절없이 희생당한 잠자리의 아픔을 함께 의미할 수도 있다.

이렇듯 발상과 작의의 속내야 어떻든 표현된 결과로 만나는 우리 독자의 마음에는 좋은 시일수록 오만감이 더 복잡하게 교차하게 마련이다. 그것은 곧 역설과 그로 인한 시적 모호성이 시인의 뜻대로 아주 잘 작동한 덕택일 터이니, 시인의 깊은 상상력과 섬세한 솜씨와 정성을 다시 한 번 실감하며 우리는 이 시를 만나는 과정에서 보람과 즐거움을 더 크게 누리게 된다.

4. 시와 삶의 일체화 그 머나먼 길, 그래도 우리는

　시적 의장으로 인해 함축성과 모호성이 짙은 작품들의 속내를 좀 깊이 들여다보느라 너무 말이 많아진 탓에 벌써 원고가 넘칠 지경이라 서둘러 마무리해야 한다는 조급증을 느낀다. 어떻게 보면 이미 할 만한 말들 거의 다 쏟아냈다고 보아도 좋다. 그래서 마무리 격으로 시인이 꾸는 꿈, 즉 시처럼 사는 삶을 추구하기 위해 내닫는 그의 앞길을 형상한 고갱이만 살짝 엿보고 마무리하려 한다.

　먼저, 한마디로 당겨 말하면 그의 열망은 "나무처럼 자라는"(「하느님의 수화」) 존재로 살고 싶은 꿈이라고 이름 지을 수 있다. 이번 시집에는 나무를 제재로 한 작품이 꽤 많다. 관심을 가질 만한 작품 제목만 봐도 「나무를 듣다」 「나무의 거리距離」 「느티나무」 「웃는 나무」 「나무를 꿈꾸며」 「단풍을 보다가」 등 다양하다. 이들 작품을 꿰뚫는 끈은 물론 넓게 '자연 회귀 의지'라 할 수 있다. '나무'는 시인의 그 정서와 신념을 대표로 형상화(代喩)한 상징물이다. 나무에 관한 심상을 더 구체적으로 따지면 성장·청정[맑고 푸르고 깨끗함]·순수·정화(치유)·어울림(숲)·이타적(산소 공급)·영원 등등 자연의 본성에 관련된 의미로서 이른바 심상 다발imagery을 이룬다. 그래서 시인은 나무 같은 존재로 거듭나고 싶어 "나무가 온몸으로 말"하는, 즉 철 따라 바뀌는 나무의 온갖 모습을 "온몸으로 듣는다"(「나무를 듣다」)라고 하거나, 고향 마을에 가서 "올해 연세가 삼백 하고도 몇인가 그러신데도 아직도 정정"하신 '느티나무'를 만나 "이젠 네가 세상의 나무가 되거라/그 어른 훈수도 한 수 받고 왔습니다"(「느티나무」)라고 표현해 느티나무를 통해 자기 암시를 강화한다. 또 "살다 보면/웃을 일보다 울 일 더 많겠지만/지금 터지는 저 푸른 웃음이/판을 한바탕 즐겁게 흔들어놓는다"(「웃는 나무」)라고 해 나무의 모습을 보며 판을 한바탕 즐겁게 흔들어놓을 수 있는 웃음의 의미와 가치를 일깨우고, "푸른 잎 피워/하늘에 바치고/단풍 꽃 피워/땅에 바치고/열매는/사랑에 바친다"(「나무를 꿈꾸며」)라며 헌신하는 나무로 살기를 꿈꾸기도 한다.

물론 그 한계도 분명히 알고 있다. 이를테면 서로 떨어진 나무를 통해 숙명적으로 홀로 서 있는 자아상을 인식하며 "누가 우리 사이 떼어놓았나/몇 걸음 안 되는 거리건만/나는 너에게 가지 못한다"라고 탄식하며 "네 손 잡고 거리를 걷는 것은/꿈에나 얻는 행운//별님에게 달님에게/오늘도 나는 빌고 또 빈다/단 몇 걸음만이라도 좋으니/사랑의 길 같이 걸을 수 있기를"(「나무의 거리距離」)

염원한다. 너의 손을 잡고 함께 '사랑의 길'을 걷는 모습이 꿈에서나 얻는 행운이라니, 시인은 현실에서 그 꿈이 실현되기란 거의 불가능하다는 점을 뼈저리게 의식하고 있다. 달리 말하면 그만큼 더욱 뜨거운 노력을 기울여야 함을 강조한다.

어이할꼬 어이할꼬
이제 나도 다 비우고
저 너른 하늘로 나서야 할 텐데

둥글게 퍼져 나가
상처 많은 가슴에 닿아야 할 텐데
　　　　－「종」부분

얼만큼 맑고 고운 영혼을 품어야
나, 그대 가슴 만나
단풍으로 물이 들까

이제 나
그대 마음줄 울리는 노래가 되고
바람의 혼 끌어안은
황홀한 춤이 되리
　　　　－「단풍을 보다가」부분

「종」이 현실적 한계와 번민과 안타까움을 그렸다면, 「단풍을 보다가」는 그래서 더욱 궁극의 세계에 이르기를 열망하지 않을 수 없다고 다짐하는 정서를 표현하였다. 이렇듯 시인의 인식에는 늘 현실과 이상의 엇갈림이 동전의 양면처럼 붙어 한 몸이 되어 있다. 일상에서도 우리는 한평생 꿈꾸다가 주저앉고 주저앉았다가 다시 꿈꾸며 일어서기를 한없이 거듭하기 마련인데 시인이라는 존재는 그것을 더 아프고도 절실하게 운명적으로 끌어들여 그 출구를 열어보려 애쓰는 존재이다. 젊어 고생은 사서라도 한다는 말이 있는데, 시인이야말로 늘 운명적으로 현재는 말할 것도 없고 먼 미래의 결핍과 고통까지 미리 끌어당겨 스스로 아픔과 슬픔을 겪으면서 정화(치유)의 길을 찾고 터득하여 독자와 함께 자유의 문을 여는 즐거움을 맛보려고 온 정성을 바친다.

바라건대, 임문혁 시인이 꾸는 꿈이 순조롭고 아름답게 잘 익어서 우리가 "두 손 서로 맞잡"(「서로 손 잡으면」)고 '그대 마음줄 울리는 노래가 되고' '황홀한 춤'이 되어 함께 어우러져 덩실덩실 하늘 높이 뛰어오를 날이 어서 왔으면 좋겠다. 물론 그날이 오기는 참으로 요원하겠으나 그래도 결단코 멈출 수 없고 멈추어도 안 되는 인고의 길임을 잘 안다. 그러니까 우리는 더더욱 '저 앞'을 똑바로 내다보며 힘차게 노래 불러 아픔을 견디고 새로운 용기를 충전하면서 씩씩하게 걸어가지 않을 수 없다. 이처럼 시란 우리에게 끝끝내 영광 있기를 바라는 시인의 마음에서 우러나온 '맑고 고운' '영혼을 품'도록 자극하는 정화수임을 임문혁 시인의 시편이 실감 어리게 보여준다. 부디 시인에게도 큰 영광 있기를 빌어 마지않는다.□

시와함께(Along with Poetry) 시인선 021

임문혁 시집

반가운 엽서

발　행　2022년 11월 11일

지은이　임문혁

펴낸이　양소망

펴낸곳　도서출판 넓은마루

주　소　(03132) 서울특별시 종로구 삼일대로 30길21, 1103호(낙원동, 종로오피스텔)

전　화　02-747-9897, 010-7513-8838

이메일　withpoem9@hanmail.net

출판등록　제2019호-000100호

인쇄·제본　(주)지엔피링크

저작권자 ⓒ 2022, 임문혁

ISBN 979-11-90962-20-9(04810) 979-11-90962-04-9 (세트)

값 12,000원